JPIC Tsinaj
Tsinajinnie, Veronica
Jhonaaʼéí: bringer of
dawn

$17.95
ocm58789843
1st ed.   08/05/2008

JÓHONAA'ÉÍ:
BRINGER OF DAWN

WRITTEN BY **VERONICA TSINAJINNIE**
ILLUSTRATED BY **RYAN SINGER**

Library of Congress Cataloging-in-Publication Data

Tsinajinnie, Veronica, 1978-
  Jóhonaa'éí : bringer of dawn / written by Veronica Tsinajinnie ; illustrated by Ryan Singer ; edited by Jessie Ruffenach ; [translated by Peter A. Thomas]. -- 1st ed.
      p. cm.
  In English and Navajo.
  Summary: As Jóhonaa'éí, the sun, slowly rises, his gentle light and warmth wake the inhabitants of the desert, including a burrow of rabbits, a sleepy coyote, and, perhaps, a family living in a hogan.
  ISBN 1-893354-54-7 (hardcover : alk. paper) 1. Navajo Indians--Juvenile fiction. [1. Navajo Indians--Fiction. 2. Indians of North America--Southwest, New--Fiction. 3. Sun--Rising and setting--Fiction. 4. Morning--Fiction. 5. Desert animals--Fiction. 6. Navajo language materials--Bilingual.] I. Singer, Ryan ill. II. Ruffenach, Jessie. III. Thomas, Peter, 1951 Oct. 4- IV. Title.

PZ90.N38T75 2007
[E]--dc22

                                                                                                  2005005964

Edited by Jessie Ruffenach
Navajo Translation by Peter Thomas
Navajo Editing by the Navajo Language Program at Northern Arizona University
Designed by Bahe Whitethorne, Jr.

Printed in China

First Printing, First Edition
13 12 11 10 09 08 07 10 9 8 7 6 5 4 3 2 1

The paper used in this publication meets the minimum requirements of the American National Standard for Information Sciences — Permanence of Paper for Printed Library Materials, ANSI Z39.48-1984.

Salina Bookshelf, Inc.
Flagstaff, Arizona 86001
www.salinabookshelf.com

Dedication

To all my nieces and nephews; I love you very much!
*— **Veronica***

To my mother, grandmother, father, and two sisters; also, to my supportive fiancé Dory and my very special son Colin.
*— **Ryan***

Jóhonaa'éí 'éí tsé łichíí' bił dah na'azkánée bine'déé' hanáályįį' dóó hazhóó'ígo haayáádóó yá biyi' ha'naa nikiníyá.

Slowly, Jóhonaa'éí rises from his resting place behind the red mesas and starts his journey across the sky.

'Áłtsé 'éí Jóhonaa'éí shándíín bee 'adoodlałígíí neezílígo ts'ah yee 'ádíyiiltsood. Ts'ah
Jóhonaa'éí yich'į' ahééh niizį́į'go biniinaa t'áá 'ałtsoní binaagóó dahólónígíí 'áhalchinígíí
yee yik'i jisdli'. Áko ts'ah áhálchinígíí 'abínigo niłch'ih biyi' bił dah a'diijool. Ákwe'é
binaanish ałtso ła' yiyiilaaígíí bił yá'át'éehgo, Jóhonaa'éí náás dah náádiildoh….

First, Jóhonaa'éí warms the sagebrush with a loving embrace of soft
morning rays. Grateful to Jóhonaa'éí, the sage fills the morning air with
a healing essence for all to enjoy. Contented to know his job is done,
Jóhonaa'éí goes on . . . .

'Áádóó Jóhonaa'éí na'ats'ǫǫsí yighan góne' yah anáá'díiłdláád dóó na'ats'ǫǫsí,
'amá nilínígíí, hazhóó'ígo yíchį́į́h yí'deestxas. Na'ats'ǫǫsí, 'amá nilínígíí,
ch'énádzid áádóó bił hózhǫ́ǫ́go ba'áłchíní da'ałhosh yę́ę́ ch'éédayíísid.
'Ákwe'é binaanish ałtso ła' yiyiilaaígíí bił yá'át'éehgo, Jóhonaa'éí nááás
dah náádiildoh....

Next, Jóhonaa'éí creeps into the home of the field mice. Lightly
he tickles the nose of mother mouse. She wakes and happily starts
her day by waking her precious babies. Contented to know his job is
done, Jóhonaa'éí goes on . . . .

’Áádóó Jóhonaa’éí
’adinídíín yee ’a’áán
góyaa ’a’dííłdláadgo gah,
amá dóó ’azhé’é nilínígíí, bighan
yik’i’ diiłdláád. Gah, azhé’é nilínígíí,
nídiich’ahgo bikee’ nikínéidiiłt’eehgo
yee ba’ałchíní da’ałhoshdę́ę́’ néidiinil.
Gah, amá nilínígíí, tł’oh yiłtseiígíí dóó
chąąsht’ézhiitsoh abínígo daadánígíí yee
‘áyiilaah. Ákwe’é binaanish ałtso ła’ yiyiilaaígíí
bił yá’át’éehgo, Jóhonaa’éí náás dah náádiildoh….

Then Jóhonaa’éí reaches his rays farther
and farther down, to the burrow of mother and
father rabbit. Yawning, father rabbit thumps
the ground to wake the sleeping bunnies.
Mother rabbit makes breakfast of dry grass
and carrots. Contented to know his job is
done, Jóhonaa’éí goes on . . . .

Áádóó Jóhonaa'éí ma'ii yighangóó náánádzá. Ma'ii tł'éé'
bíighah haa'íshįį́ doo 'eelwodgo, Jóhonaa'éí bik'i' a'diiłdláadgo
bináá' ch'ééh deezh'áázh yę́ę yee deezghal.
Ma'ii t'ah t'áá bił nízin nidi nídii'na' dóó bighan
góne' wóniijį' ííyáago náneeztíinii' t'óó
náániilch'iil. Azhą́shį́į́ ma'ii t'óó ná'iiłhaazh
nidi Jóhonaa'éí 'ákwe'é binaanish ła'
yiyiilaaígíí bił yá'át'éehgo, náá45
dah náádiildoh….

Then Jóhonaa'éí goes to
the lair of coyote. After a long
night of mischief-making, the coyote opens
his tired eyes to see the rays of Jóhonaa'éí.
Coyote drowsily rises to his feet and walks into
the deeper shadows of his lair, there to cuddle up and close his
eyes once again. Contented to know he tried, Jóhonaa'éí goes on . . . .

Náá'ákóne'
Jóhonaa'éí dibé
yighandi níyá. 'Áadi t'óó'ayóo dibé k'adni'
ch'éjeehgo dabinéł'į́įgo bidááh níjéé'. Dibé
t'áá'át'é ch'éédaasdzid lá nidi, dibé yázhí léi' t'áá
sáhí chaha'ohgi t'ah nidii yéego 'ałhosh. Jóhonaa'éí
dibé yázhí 'ałhosh yę́ę hazhóó'ígo yinádiz yideelchid,
ch'éédoodził biniiyé. Dibé yázhí nídiich'ahgo nídii'na'
dóó dibé ch'é'átiingi naazínígíí yitahjį' niníyá. 'Ákwe'é
hastiin ch'íná'á'niłígíí atah yiba' yiizį́'. Ákwe'é binaanish ła'
yiyiilaaígíí bił yá'át'éehgo, Jóhonaa'éí náás dah náádiildoh....

Next, Jóhonaa'éí goes to the
sheep corral where he is met by
many eager-to-start-the-day eyes.
All the sheep are awake except the
little lamb that still sleeps soundly in the
shade. Very softly, Jóhonaa'éí brushes the lamb's
eyelids to awaken him. Yawning, the lamb goes
to join the other sheep to wait for the man who
opens the gate. Contented to know his job is
done, Jóhonaa'éí goes on . . . .

Akée'di Jóhonaa'éí t'áá bí ba'áłchíní yighangi níyáá dóó hooghan nímazí bidáádílkał hazhóó'ígo néineests'in.

Lastly, Jóhonaa'éí goes to the home of his children and lightly taps on the hogan door.

Doo ga' íits'a'í da.

There is no answer.

Dáádílkał nínáánéineests'in.

Again, he taps on the door.

T'ah nidii ga' doo íits'a'í da.

Still there is no answer.

'Áádóó Jóhonaa'éí dáádílkał ts'ídá nínáánéidiiłts'ingo
dáádílkał ąą' ádzaago ba'áłchíní ła' bich'į' ch'íníyá.

Then, just as Jóhonaa'éí reaches to tap again, the door
opens and one of his children steps out.

Hastiin biyázhí "shizhé'é" deiłnínígíí 'át'į́į́ lá.

It is the man the little ones call father.

Hastiin bich'ooní bikéé'dę́ę́' ch'íníyá.
'Asdzą́ą́ biyázhí "shimá" deiłnínígíí 'át'į́į́ lá.

After him steps his wife, the woman
the little ones call mother.

’Áádóó ’ayázhí danilínígíí ch’ínááníjéé’.

Then the little ones come out.

Diné Hayooɫkááɫ Diyin Dine'é dóó Bimá Nahasdzáán naadą̄'áɫgai yich'į'
náádayiisnii'. Áádóó Jóhonaa'éí ni' bikáá'góó hayooɫkááɫ yee hááhodiil'į̄hígíí
yich'į' ahééh daniizį̄į́'. Áádóó 'índa t'áá'aɫtso dahináanii yaa 'ahééh náádaniizį̄į́'.

Together, they offer white corn to the morning spirits
and Nahasdzáán (Mother Earth), and give thanks to the
bringer of the dawn, Jóhonaa'éí, and all of life.

Binaanish ałtso ła' dayiilaaígíí bił yá'ádaat'éehgo, Jóhonaa'éí dóó
ba'áłchíní náás dah náádiikai.

Contented to know their job is done, the family goes on.

AUTHOR'S NOTE

*I*n the traditional Navajo culture, individuals offer morning prayers to the Holy People. The prayers are to acknowledge blessings, ask for what is needed, and show respect for the providers of all of life.

Following is a portion of the Navajo Blessing Way, which is part of what might be said during the morning prayer:

Si'ah Naaghai Bike'eh Hózhǫ́
Hózhǫ́ náhásdlįį'
Hózhǫ́ náhásdlįį'
Hózhǫ́ náhásdlįį'
Hózhǫ́ náhásdlįį'

I shall be Harmony, walk in Beauty, and live in Happiness with all things that exist
Beauty has come again
Beauty has come again
Beauty has come again
Beauty has come again